나목의 노래

이 도서의 국립중앙도서관 출판예정도서목록(CIP)은 서지정보유통지원시스템
홈페이지(http://seoji.nl.go.kr)와 국가자료종합목록 구축시스템(http://kolis-net.nl.go.kr)에서
이용하실 수 있습니다. (CIP제어번호 : CIP2020029032)

나목의 노래

권영기 시집

토담미디어

시인의 말

어렸을 때부터 막연히 시인이 되고 싶었습니다.

들풀이 자라고 사라지던 사계절의 모습과 바람과 비와 눈 속으로 지나가던 시간들. 솔가지 위에 쌓이던 하얀 눈과 나무 사이로 불어오는 바람소리들은 오래도록 마음속에 솔방울처럼 응어리로 쌓여 갔습니다.

그동안 여러 곳에 발표했던 시와 습작하였던 여러 편의 시를 정리하여 시집을 만들었습니다. 수십 년 전에 써놓았던 글들이 있어 이제 다시 보니 부끄럽다는 생각도 들었습니다.

그러나 더 시간이 가기 전 부끄럼을 무릅쓰고 정리하여 첫 시집을 상재합니다. 지금까지 주로 체험적이고 경험적인 시를 써왔습니다. 한 편의 시를 쓰기 위하여 몇 년이 걸리더라도 진실로 마음속에 우러나는 글을 쓰고자 합니다.

첫 시집이 나올 수 있도록 애써준 류숙희 님과 진형, 재연, 예린에게 고마움을 전합니다. 그리고 고교시절 국어 선생님이셨던 이광녕 시인과 사제의 인연이 오래도록 이어져 문학을 교감할 수 있어 고마울 뿐입니다.

또한 수십 년간 문학의 대선배님으로서 같은 길을 걷는 박현태 시인과 토담미디어 홍순창 시인께도 감사의 말씀 전합니다.

아직 러시아 연방인 해외에서 근무하고 있지만 이 책이 나오는 가을쯤 집으로 돌아가 시 쓰는 일에 정진할 수 있으리라 생각됩니다. 문우들을 비롯하여 주위의 모든 분들께도 감사드립니다.

2020년 가을, 권영기

차례

부계하 묘지

유도화 꽃잎 떨구는
철길 따라 강가를 걷는다
조약돌 쌓인 조그만 무덤 위
부질없는 세월만
푸른 이끼로 쌓여
펀젠이 바람 속에 흐득인다
어린 날
어머니 묘지 앞에서 태우던
만장기의 검은 재처럼
저 한 움큼 태운 지전의 효험으로
망자는 소망을 이루었을까

안개 낀 밤에도
법장사 목어 소리는
강 물따라 멀리 흘러가고
지난날 기억은
해방교 아래로 떠다니던
부평초처럼 사연만 많은데
나는 홀로
부계하 강가에 서서
옛 생각에 서러워한다.

석양

무지개 따라
둥자루 옥수수 잎새 위로 바람이 부네
나 또 그대 생각이네
긴 이랑 따라 상념에 잠기네
너 어디로 가는지
나 어디에 있는지
세월이 흘러 나 이제 갈 곳이 없네
내, 그대가 아름다운 산새로 변해
늘 내 꿈속으로 찾아들길 바래
노을이 비록 아름답지만
나는 언제나 그대 생각뿐이네.

형주성

과거는 가고
찬비를 맞으며 떨고 있는
돈대 위 홍등
성벽에 걸린 나무 하나
눈물처럼
물방울이 맺혀 있다.

여름 무산담

호르무즈해협으로
둘러 쌓여 있는 바위산
산길 아래엔 천 길 낭떠러지
검푸른 물결이 으르렁 거리며
아라비아 해로 넘나들고

절벽 한 쪽
소나기를 기다리다 고사한 종려나무
한 세상 그와 함께 하지 못한 비련이
고사목되어
날마다 가슴 치며 파도처럼 울고 있는
세상의 끝.

겨울 무산담

바위산 아래
굼다마을
하얀 모스크 사이로
파도가
모래 위를 가르네
아! 나는 또
네가 떠나던 겨울 길
플라타너스 바람소리를
생각했었네

너와의 만남이 끝나던
그해겨울
먼 기억이
아득 하기만 한데
세월이 흐르고 흘러도
겨울밤이면
왜 이리
슬프고 쓸쓸한 기억이
가슴 저미는가
풀 한 포기 없이
맨 몸으로 서 있는
이 무색의 땅
어딘가에 있을 것 같은
너를 생각하다보면
모래바람 속으로
눈물처럼 떨어져 내리는
유성우.

욜로탄 명사

체케화 만개한 듯
연 노란 자줏빛
목화꽃 이랑 위로
해가 지고 있네
욜로탄 사막 위
바람이 떠다니고
나도 떠다니네
한 생
모든 것은 꿈 속이었네
제행이란
사구에 쌓이고
날리는 모래를
바라보는 것이고

무상이란
사랑 하던 날들의
덧없음이었네
한줌 미진으로 변하여
떠다니는 열풍
모래가 흐르는 소리
강물이 허물어지는 소리
번뇌가 쌓이고 날려
해질녘
백골처럼 울고 있는
명사.

봄 꽃

밤새
모래폭풍이 몰아친
갈키니쉬사막
방울뱀이 지나간 자리인 듯
바람결로 쌓여 있는 모래톱
먼 옛날
그 소녀의 얼굴로 피어나는
빨간 꽃양귀비.

모래 위를 흐르는 바람

사막 한가운데
호수가 있어 나는
상처 입은 새처럼
새벽 물가로 걸어갔다
마른 갈대 잎은
손톱에 찢긴 습자지 같이
바람에 흔들리고

밤하늘의 별자리로 떠돌던
갈란투스 한 송이는
호숫가 눈 속에서 떨고 있었다
겨울과 봄 사이를 지나던
스무 살 2월
묘혈 속으로 걸어가던 나처럼
바람 속으로 모래 속으로
꽃은 파묻혀 가고 있었다.

하이퐁에서

방까오 사거리에 안개비 내리고
주홍색 마스카라 호아퐁 꽃잎이
바람에 날린다
봄 이오면 나 이 거리에 다시 서리니
자귀나무꽃으로 혹은 바람에 날리는
그리운 사람의 눈썹으로 피어나는 꽃
딘부를 지나 파도가 밀려오는 바닷가
어제도 오늘도
보드카 하노이 하얀 물방울 속으로
떠오르는 주홍빛 네 얼굴.

여름밤 별들을 보며

강둑을 따라 달맞이꽃이
피어나는 여름의 끝
방동사니 줄기에
어둠이 내리고 있어요
생각은 멀리 아무다라야 강으로 가고 있네요
사막을 따라 은하로 가는 길엔
안드로메다 성운이 가지런히
자리 이동을 하고
흐르는 강물 속으로
별똥별이 파랗게 선을 긋데요
사막을 넘어가면 세집매가 있어
북극성 멀리 아버지의 얼굴이
나타나기도 했어요
그리워 지워버린 생각들이
목화꽃처럼 흔들리는 성도星圖
그 무한한 허공 속으로 한없이
뻗어 있는 별빛을 따라
몽환의 하늘 속으로 자꾸만 걸어갔어요.

부하라 가는 길

눈雪은
사라질 모든 것들에 대한 묵언이듯
이승에 있는 동안 잠시 나는
삼사라의 꿈을 꾸고 있는 것이다
칼란미나렛탑 멀리 로뎀나무 아래에
누워있는 고단한 육신들은
그 옛날 비단길을 따라 나와 함께
천산을 넘나들던 소금장수 동료들이었을까
도자기 장사를 하던 친구들이었을까
그러면 그때 나는 그들과
무슨 이야기를 주고받으며
제라프샨강 기슭을 따라
피안의 길로 걸어갔던 것일까

모래와 함께 눈이 날릴 때마다
생을 다한 목화송이의 번뇌이듯
검은 죽비가 되어 뺨을 후려치는
1월 눈보라길.

1부

가을 군자역에서

마른기침으로
풀잎은 찬바람에 그렇게
기억을 더듬어가고 있었다

어쩔 수 없이 스무 살 먼 기억은
영원히 떠나간다고 생각한 어느 날
다시 볼 수 없는 그리움에
코스모스 꽃은 손 시린 언덕에
으스스 떨고 있었다

마른 줄기 마다 바람은 손 흔들고
연분홍 꽃잎처럼
보고 싶다는 그 말 하다 보면
텅 빈 군자역 철길 멀리엔
가을별이 떠 있었다.

나목의 노래

추위에 떠는 바람이 겨울 숲으로 스치인다

바람은 어두운 거리에서 아프게 시간 속을 헤집고 마음의 강을 건너는 것이다. 이 강줄기 따라 아프도록 낙엽을 떨구며 겨울과 봄 사이를 패혈증 환자처럼 떠돌던 잎새

옛날 책상에 마주앉아 어른이 되는 게 무섭다고 이야기하던 친구들은 홀홀 바람개비 되어 떠나고, 세월 속에 묻혀오는 회색빛 뿌연 연기는 11월 속으로 나를 마중하는 것이다

낙엽이 남기고 간 발자국 소리를 찾아 밀물처럼 기억을 끌어들인다. 비 오는 날엔 갇혀서 사랑하리라 눈 오는 날엔 헤매이면서 사랑하리라던 그 이야기들은 가지마다 안드로메다 별빛을 걸어둔 늦여름 어느 날의 이야기였다

이제 나의 계절은 지나고 말았다

등이 굽은 계절이면 해마다 나를 찾아와 내게 생의 애착을 가르쳐주던 로맨틱도 동경도 가버렸기에 연기 자욱이 깔린 취기 어린 이 밤을 방황하고 있다.

허기진 도시골목, 담쟁이넝굴은 방한복을 뒤집어쓰고

몸부림치고 이렇게 가슴이 답답할 때엔 포근한 엄마의 젖
무덤같이 널려있는 공원묘지에 잊혀 가는 이름을 하나씩
하나씩 불러가며 정신과 육체를 무한 속에 던져버린 영들
의 무덤가에 앉아 풀이라도 쓸며 넋을 달래고픈 것이다

어두운 바람 속에 우두커니 서 있던 강물은 한 걸음 한
걸음 신작로 따라 사라져간다.

늦서리에 떨고 있는 작은 잎새, 바람은 조그만 영상을
가지 끝으로 훑어가버린다

아! 이 밤, 나는 찬 서리가 되었음…

하얀 눈이라도…

도라지꽃

가느다란 허리를 한들거리며
플랫폼으로 가는
가을 소녀라도 말하지 마세요
이제 저 있는 곳에 오려거든
삼등 완행열차를 타고
그 싸리 꽃향기 날리는
간이역에 내리세요

나도 그대를 마중하지 않고
그대도 나를 마중하지 않던
9월 야산
달빛의 시새움에
밤으로 돌아간 날
그해 가을

겨울이 오는
어느 간이역에서
하얀 별과 솔잎의 향기를 들으며

난 아무도 찾지 않는
들꽃이 되었답니다
언제고 가을 향기 기억하는
내 마음
오늘도 고개 숙여
그대 기다리는 나는
산길에 홀로 핀
야생화입니다.

연평도에서

지금
임사당 언덕에
달맞이꽃이 졸고
흩어진 섬마을에
어둠이 밀려와
이내 소리 없이 부서지는
당섬 해변

그 포구에
한 아름 기억이 남아
내 마음에 횅한 아픔을 뚫고
달아나는 황진호
조기잡이 고기잡이
육거리 신작로에
어둠이 깊어
솔가지 위로 출렁이는
우도 수평선

—

황천1급
폭풍이 몰아쳐 파도가 일면
환생을 꿈꾸는 나비가 되어
바다 속 용궁을 지나
너를 따라 나서겠다던
봄날의 생각

소리 없이 흐르던 빛은
어둠에 가려지고
하얀 눈물 몇 방울 흘리다
해풍 속으로 사리지는
파도의 포말.

소연평도

꽃대궁 꺾어지며
시드는 언덕
허옇게 껍질 벗겨진
등허리를 드러내고
하얀 파도가 가랑비 속으로 숨어버린다

아픈 상처의 시름에
혼자 숨어 마시는 몇 잔의 슬픔
우울히 빛나는 눈빛 속으로
출렁이는 파도 몇 굽이

꽃등애
황토 들판
세월은 꽃다발처럼 엮어지고
꽃씨 숨결
까만 깜부기는
솔방울 하얀 씨를
날리고 있다.

거리에서

어디 희미한 모습이
옛사람으로 돌아가
가로등 아래 우울한 기억을
바라보고 있나

지나간 날들을 생각하며
숲속을 걸어가면
아련한 꽃향기 그 목소리
세월이 지나가는 기억의
섬세한 꿈

모든 그리움을
바람 속에 남기고
미련처럼 떠다니는
나의 시간들.

겨울 민들레

그 긴
어둠의 세월을 기다린
회한이 그리 깊어
밤이면 길섶에서
흑흑 울고 있느냐
남풍이 스치이는 잎새 위로
꽃잎은 피어나지만
세상사 누가 네 마음을
알아주었던가
땅속으로만 피어나는
어두운 기다림을
먼 세월이지나 잎새 끝으로
하얀 설레임이 두둥실
피어오르면
너는 종소리 따라
높은 하늘로 멀리 날아갈 거야.

몬테카를로 가는 길

그리운 사람이
시큼한 치즈 향으로
남는다는 건
얼마나 마음 아픈 일인가
능선과 빛나는
성채의 황홀

바위산에 핀 들꽃
파도처럼 출렁이다
원시의 석양으로
침묵하며 떠도는 산
그 위에
네가 서 있었다
1625년
세월이 가는 거
품위를 간직하고
늙어간다는 거
아름다운 모나코.

망초꽃

나를 잊으라는 말 수리산에 묻고
6월이 오는 길을 걸어갑니다
이별은 삶에 대한 집착이 아니라
가슴 한구석을 비워두며
살아가야 하는 길임을 알고 있기에
뒤돌아보는 옛집
그도 나를 모르고
나도 그를 모른 채
모두 떠나버린 폐허된 집터
우거진 망초꽃 더미
부서진 기와조각 사이로
얼굴 삐죽이 내민 국어책 겉장
그 사이로 기억을 셈하며
피어나는 하얀 꽃

잊으라는 꽃
이 세상 남은 한 자락
빈 구석을 채우리라

따스한 사랑으로 남으리라
흔들리는 마음으로 이야기하지 않아도
그리운 얼굴로 출렁이는 영혼
먼 훗날 다시 만날 수 있다면
손잡고 눈물 닦아 주리라
끝없이 바람에 한들거리는
안양천 하얀 망초꽃.

니스에서

칠면초 곱게 피어나던 저녁 염전길
별을 이야기 하던 그는
착한 아낙이 되어 있겠지
영롱하게 빛나는 마세나 광장의 별들은
아무 말 없이 니스 의 밤 바다로 흐른다
별이 낮게 떠다니는 밤
제방길 따라 휘파람을 부르며 걸어가던
쓸쓸한 밤거리
하얀 눈을 생각하며
영원이라는 것도 생각한다

별빛에 반짝이는 생각들은
가을 어느 날 오래도록
한 장의 그리움으로 남아 있어야 해
그리고 맑고 아름답게 살아야 해
저 별처럼 희끗희끗 변해가는
머리칼을 날리며
바다에 떠있는 별들을 헤아려 본다.

깐느의 바다

시린 눈빛으로 떠난 세월
눈썹 위에 파도를 잠재우며
바다로 향한다
너를 생각해야만 하는 나는
영원한 이방인 그러나
바람 속으로 침묵하며 떠다니는
한줄기 먼지와 같이
언젠가 따스한 모습으로 남아
한줄기 빛으로 떠돌 거라 생각한다
그래 한 점 모래알의 흔적이라도
남겨놓았던가요?
그렇다면 떠날 준비를 하세요
캄캄한 길을 걷다 문득
슬픈 젊은 날의 내가
불현듯 생각나면 깐느로 오세요
여기 그대를 그리다
작은 모래알 된 수많은 이야기들이
바람 속으로 파도 속으로 출렁거립니다
귀 기울여 들어보세요.

코스모스

풀잎 향기 스쳐가는
가을 플랫폼
완행열차를 타고
바다가 보이는
언덕에 오르면
어릴적 그 소녀가
못 견디게 생각나
찬바람
시린 손끝 사이로
문득
추억처럼 피어나는
연분홍 코스모스꽃.

유월

저수지 제방길 따라
풀잎 내음 무성한 언덕
어스름 둑길을 걸어가면
허공 가득 풀 향기로 채워지던 들판
그런 들길이 좋아

저녁 냇가에 엉겅퀴꽃 졸고
논둑 길 따라 바람 속을 걸으면
옛 모습으로 손 흔드는 풀잎의 노래
그리운 이의 이름을 바람에 날리며
푸르른 유월을 꿈꾸던 날들
그런 유월의 기억이 난 좋아

허공에 날아가는 옛사람의 소리
가버린 그 꿈에
네가 나에게 내가 너에게
바람으로 남아
언제나 그리운 모습이 되어버린
그런 약속이 난 좋아.

가을 소묘

모기향 피어 오르는 연기 속으로
후각의 지시를 포옹하며
하늬바람이 부는
바닷가 가는 길을 걸어갑니다
귓가에 사각거린 어느 날의
조가비 소리를 들으며
하얀 파도 곁에 하고
지난여름 찾는 이 없어
온종일 갈대와 속살거린
조그만 나뭇잎배 이야기를 들으면
파란 바닷가 언덕
모래알에 비친 나의 모습과
바닷속으로 모습을 감추는 타인과
다시 난 무언의 악수를 하고
뒤돌아 가기 전
하얗게 밤을 새운 옛이야기에
연분홍 색을 칠하여
촉촉히 풀 이슬에 젖은

목쉰 실솔의 음성을 토닥이면
하얀 파도 소리는
창백해진 내 머리 위로
몰려 왔다 몰려 갑니다.

오이도 할미꽃

오이도에 간다
그가 보고 싶어
정강이의 마른 피처럼 붉은 가슴 다 드러낸
섬 산자락을 넘으며
문득 삶이라는 것을 생각한다
아이는 소년이 되고 소녀는 엄마되고
엄마는 할머니되어 하얀 머리칼 날리우는
할미꽃처럼 할미가 돼도
다시 찾아올까?
그를 그리워하며
삶이 정말 윤회하는 것이라면
후생에 그와 다시 만날 수 있는 것일까.
내일을 기약할 수 없이 쭈그러드는 섬처럼
내일을 기약할 수 없이 떠나버린 그의
기억을 찾아 섬을 배회한다
개펄 끝
동강난 파도를 기우며 메마른 바람은 울고 있다
할미꽃 좋아하세요

넌 날 떠났지만 난 널 기다리고 있다고
오이도 산등성이
한 평생 너를 생각하는 난
언제까지 유년의 기억을 더듬어
더 허리 아파야 하나.

인도네시아

땅그랑 가라와찌
붉은 황토의 언어로 나를 감싸는
너는 치사다니 강물
진흙처럼 질기디 질긴 전생의 끈을 따라
나는 등 푸른 바나나 나무에 기대어
빗소리의 향연을 듣는다
사야 까무찐따
흐르는 강물 속으로 흐르는 빗물 속으로
그 속에 네가 어린다
만남과 별리
이젠 모두 흘러가버린 과거
꺼문주룩에 반달로 서 있는 회색빛 첨탑 뒤로
까만 밤이 또 오고 있다
빗소리처럼 먼 곳에서 가까운 곳으로 오는
쟈스민 향기는 키 작은 풀잎 속으로 젖어 들고
평온하기만 한 이국의 밤
나는 머리를 산발한 채 깨어진 술병을 들고
거리를 방황하는 꿈을 꾸었다

하늘엔 바람이 지나가는 소리가 들렸다
내가 이곳에 오기 전 먼─날 치후니마을에
너도 살았던 적이 있었던 건지
대나무 무성한 시골길 둔덕마다 흙더미가
빗장처럼 둘러쳐 있는 곳
너와 내가 건널 수 없는 시간 속으로 지나간 것처럼
그 사이로 붉은 강물은 홍수 되어 흘러간다
빗물은 다시 붉은 강물이 되고
빈 바다를 채울 수 있는 나의 시간이
변함없는 스콜의 소리로 흐를 수 있다면
슬라마 빠기 땅그랑!
슬라마 뗑갈 치사다니.

흔적

사자산
법흥사 입구
수풀에 가려진
묘비명 하나
그를 한 번도
본 적이 없다
그의 글을 읽은 적은
더욱 없다

「청자를 그리며」로 등단했다는
짧은 묘비명 외엔 아무것도 없이
오랜 세월이 지나도록
이름이 지워지지 않고
오늘 인연으로 남아
지는 노을을 바라보고 있다

나 이제
산사로 가는 길목

어디쯤에서
청잣빛 그리움을 새기며
삶의 방향
바람의 흔적을
바라보고 있나
감자 잎 피어나는 고랑으로 봄은 가고 있다.
안개비 그으며 피어나는 새파란 완두콩 잎.

4월 수리산 아래에서

옥터초등학교 뒤 서해바다
갈대밭 고랑 위로
빈 가슴 태우며 밀려오는 파도
모래알 부딪는 소리
저녁 어스름 염전 길로 걸어가던
순박한 사람들의 눈빛
시간은 얼마나 많은 바닷바람을
쓸어 담아야 더 채울 수 있을까
구겨진 별빛을 만지며
아직도 그는 옛 모습
그대로일 것이라고 생각한다
술병을 끌어당겨
바람이 지나가는 소리를 담아 둔다
수리산을 넘어오는 바닷소리
산벚꽃 떨어지는 소리
저무는 사거리 창 너머
별들의 몸에서 빠져나오는
새파란 운석들이 가로등 사이로 흩어진다.

매봉재 과수원 길을 따라

산수유꽃 피어나는 날
영나다리 건너 엄마 묘를 찾아 간다
과수원 철망 사이로 바람이 낮게 지나간다
야윈 잔디 위로 잠깐 햇살이 고인다
아홉 살 아이처럼
깨금발 하며 우두커니 서 있는
싸리나무들은 마른 하늘타리 덩굴에 걸려
고개 떨구고 있다

살울내 은빛 물결 모래바람은
꽃다지를 생각하고 있는지
아카시아 나무 곁에 맨발로 서 있던
나싱개꽃이 혼자 떨고 있다
바람과 황토 먼지들이 걸어간 신작로엔
오래 전 흔적들이 고조백이처럼 앉아 있다
멀리 장항선이 지나가는 한마음농원 뒤로
말표 고무신 향내 나는 파꽃들이
하얗게 피어나고 있었다.

5월에 쓰는 편지

하루가 저물어 가며
비틀거리는 저녁
한 병의 술로 오늘을 위로하며
일상의 취기 어린 얼굴로
달빛 따라 걷습니다

하늘엔 파란 별들이
자리를 이동하고
어느 날 망해암에서
언뜻 보았던 하얀 얼굴의 비구니
앓아누운 바위 아래
떨어지는 꽃잎들

어두운 하늘
아물어가는 상흔 속으로
가만가만 떨어져 내리는
붉은 피의 수액
소리 없이 산길을 걸어보지만

라일락 꽃잎만이
풀풀 바람에 날립니다.

사월

봄은
상처받은 이들에겐
슬픔이었구나
철주 밑 강물을 헤아리며 고뇌하던
아르세니 따르코프스키

오늘 그를 만나
가로등불 속으로
가만 가만 걸어가면
저 멀리
자작나무 사이를 떠도는 눈보라
새파란 줄을 그으며
네바강으로 떨어지는 별똥별
고동색 창문을 두드리는 바람 속으로
별을 헤이고 있을 레나

금정역 앞 가로수길
흩어지는 꽃잎

4월이 가기 전
악수 한 번 못하고
우린 헤어졌던가
젊은 그 옛날
파르르, 파르르
꽃잎이 물결치는 가로등
사랑한 옛 소녀의 얼굴처럼
회색 담벼락 사이로
흩날리는 벚꽃잎.

처용암에서

춘도섬 끝자락은
화물선에 가려 보이지 않았다
해마다 이맘때면
장다리꽃 무성하던
세죽마을
비닐 조각 어지러이
폐가에 남아
저녁 바람에 쓸려가고 있다
모든 사람들이
오래 전 떠나버린 포구
이곳에서의 나도
마지막일 거라고 생각하며
마시다 남은 술병을 비우고
처용암으로 간다
비를 맞고 앉아 있는 바위야!
폭풍이 불고 파도가 이는 밤
너는 무엇으로 괴로워했고
어떤 일로 상처 받았는가

너도 나와 같은 슬픔으로
상처를 받았고 슬픔으로 괴로워했는가
뭍으로 가지 못한
외다리를 진흙에 묻어두고
불행했으므로 더 불행하여야 하는 너는
날마다 목줄기로 타오르는 짠물을 삼키다
차가운 돌덩이로 굳어 좌선하고 있는 것이냐
오늘도 나는
고양이 같은 그의 얼굴 앞에
비굴하게 고개를 숙여야 했다
갈래야 갈 수 없고 볼래야 볼 수 없는
바다 한가운데서
휘황한 곳곳의 불빛으로 장님이 되고
이제는 귀까지 멀어 홀로 절망하고 있는
너의 괴로움을 끌어안는다
너의 비애를 내가 가지고 간다
하늘엔 어지러이 별들이 자리 이동하는 밤
싫지만 가야 할 수 밖에 없기 때문에

오던 길로 다시 되돌아가며 눈물 뿌린다
어느 때 깊은 어둠이 지나
자리를 찾아 바로 서 있을 수 있을까
개운포 차디찬 돌에 악수하며
마지막 인사를 한다.

울기등대

솔밭길
대나무 숲에 가려 있는
하얀 뾰족 지붕
오래 전 창가에 걸어놓은
마른 꽃다발 한 송이
바람에 흔들리고 있다

사랑했나요
행복하세요
지난여름 보내준 엽서 한 장
솔향기 날리는 절벽에 앉아
찢어 버렸다

스르륵 스르륵 부서지는
하얀 물거품
빨간 동백꽃 하나
파도 속으로 떠다니고 있다.

초복 정육점 집에서 오후

건강원 집 앞에서
개들이 으르렁 거리고 있다
세퍼트와 똥개 한낮 잠들 수 없다
이승과 저승
데드마스크처럼 흰 얼굴로 감추어진
이빨들이 달려오고 있다
검붉은 피를 토하던 장미는 시들어버렸고
정육점 쇠갈고리에 매달린
발가벗은 돼지는 불륜으로 얼굴가린
유부녀의 정오뉴스가 무관심하다
지글 지글 이글거리는 탐욕의 살덩어리
주인은 흰자위를 번뜩이며 날카로운 칼로
살을 도막낸 후 우랑牛囊 한 쪽을 쓱 떼어낸다
내 다리 사이로 찬바람이 지나간다
젊은 여인네 검은 비닐봉지에 담아
급히 나가버린다
깜박 잊어버린 그녀의 부탄가스통이
진열대 위에 올려 있다

용기를 가열 하였을 경우 폭발위험이 있으니
아래 행위를 절대로 금지하여 주십시오
사용 후 주의사항
빈 용기는 재활용품이므로 반드시 구멍을 뚫어
재활용품과 분리수거하십시오

건강원 집 옆 옷 가게
유리창 안에서 열중쉬어하고 있던 아랫도리 없는
남자 마네킹들이 일제히 반바지로 옷을 갈아 입고 있다.

돌부처님

명상이 흘러 간 혼돈 속에
어느 시궁창에도, 시궁창엔 기름진 체온이 있고
물씬 썩어가는 교의 속에도 오늘과 내일이 있어
욕망에 씻기다가 투명해진 백골들
기다림과 무서움에 불야성 이룬 휘황한 꿈속에서
사람도 돌도 아닌 살 더미 속에 푸른 만수향 연기
솔가지 속으로 스며들었다

늘어선 그림자 속에 혼백은 창 너머로 나부끼고
바람처럼 훨훨 날아가더니
그래도 빛깔 속으로 납의에 머리를 대었다
영겁의 쓰레기통, 쓰레기통이 온종일 뒤섞여도
황천강의 무지개는 승천을 못한다
속세의 얼굴은 어둡고, 남루한 부서진 종각 소리뿐
절대인은 죽음을 잃은 채 이레를 화강암으로 응결되었다
세속의 질투와, 미움과 시기, 오욕칠정의 맥없는 장엄한 창조
습기 찬 바위엔 만다라 꽃 전설 기다리는 십육나한의 햇살이
오후를 흘러갔다

긴 잠에 깨이다 다시 선잠에 되돌아가면서
자아는 고요히 움직이고 무아는 정과 욕으로 해탈한 뒤
슬픔과 죽음은 하나의 찰나
선채로 사십구 일을 졸다 천년의 고뇌를 한 몸에 담았다
깊은 꿈 비춰다 끝내 허무가 되고
송충이는 허물을 벗고
돌 조각은 파란 이끼를 업고 달리고 달리면서
그렇게 변하고 그렇게 순환하였다
육바라밀 합장하는 균열 사이로
별은 뜨고, 해는 지고
아미타 아득한 극락은 자운 속으로 깊어만 간다.

만추

허공에 재를 날리며
저녁 논둑에
볏짚이 타 오르고 있다
오래 전 기억들은
도랑에 고인 물처럼
이제 남아있지 않다
시장 옆 개울가
호박 몇 개
냉이 몇 무덤을 팔고 있던
오래된 할머니
고리땡 바지를 입고
떨고 서 있던 소녀는
그 할머니의 손녀였을까
눈곱 낀 먼지사이로
조용조용 숨을 거두는
마른 풀잎.

겨울 길

이 길을 따라
언젠가 혼자 이야기했지
그리움을 남겨둔다고

낙엽 쌓인 길 속으로
멀어만 가는 그 얼굴
가을 노래 부르던
그날의 사랑은 가고
그날도 꿈도 사라졌네
지난 생각에 젖어 들면
그리운 생각만 낙엽 위로 쌓여
흰 눈이 오면 올까
바람이 불면 올까 생각하여도
그 사람은 다시 오지를 않네
잎 진 나무 사이로
이 길을 다시 걸어가도
세월처럼 흰 눈만
낙엽위로 쌓여오네.

겨울나무

잎 진 가지 끝에 서서 무슨 잠언을
외고 있는가 나무여
진눈깨비 날리는 비탈길에 서성이며
온갖 상념을 떠올리면
지난여름의 무성하던 꿈과 희망
카시오페아 희미한 별빛 속으로
운석처럼 내 마음이 흩어지던 가을날
바람은 햇살 없는 음지에 쪼그리고 앉아
긴 한숨을 삭이고 있었다
하얀 눈 내린 가지 끝 멀리
그리운 생각들을 하다보면
먼 산 바람소리 바람소리뿐.

찔레꽃

봄날 한철
어린 꿈을
꼭꼭 숨기고
어디로 유랑하는 것이냐
모든 이 떠나가버린
숲 속 외길
홀로 잠들지 못해
아련한 기억만 헤아리며
너의 마음 나의 눈빛에
향기를 모으면
먼 산 바람소리
깊어가는 여름
바람소리 물소리
소복한 여인의
하얀 얼굴.

유년의 기억 1

하지감자 자줏빛으로 여물어가고
고랑마다 보리 콩 익어갈 때면
수리조합 둑 위로 피어나는 하얀 담배나물 꽃
물길 따라 떠다니는 엄마 얼굴은
해마다 강아지 꽃이 되어
이렇게 풀섶에서 피어나는 거라고 생각했다
별이 반짝이는 밤이면
이제는 없어진 옛집을 바라보았다
굴뚝이 무너진 채
병화네 누에 키우는 집으로 변했지만
엄마 마음은 항상 거기에 서서
나를 바라보고 있을 거라고 생각했다
바람이 불고
호야등이 흔들리는 밤
중심 잡지 못하는 아버지는
오늘도 피지기 주막집
노란 양재기 속으로 취해가는 걸까
뒤란엔 하얀 박꽃이 막— 피어나고

장독대 위엔 시퍼런 감들이
뚝뚝 떨어지고 있었다.

유년의 기억 2

할머니는 부나내를 가서
아직 오시지 않았다
부뚜막에 쪼그리고 앉아있다
살강 밑으로 쏜살같이 지나가는 쥐 한 마리
단수깽이 잎 넓은 회관마당엔
아이들이 모여 별 삼형제 노래를
부르고 있었다

"오틱한댜 푸마시도 안되고
헐수읍시 호락질로 스슥밭을 매야건내"

"관싱아! 너는 맨날 술만 퍼먹냐
서울서 누비이불 공장 다닌다는 체냥이 서방 큰딸은
어제 농약 값을 보내왔다는디
야 이눔아 너는 뭐가 될려구 그러냐"

관싱이 아버지는 당원 탄 주전자 물을 들이켜다
목에 힘을 주며 소리질렀다

나비 꽃 피어나는 뒤 창가
돼지감자 줄기 아래로 도랑물이 흐르고 있다
한 밤이 되도록 할머니는 오시지 않고
남양분유 빈 통 속으로 별빛만 가득 떨어지고 있었다.

유년의 기억 3

측백나무 느릿느릿 졸고 있는
농업협동조합 뒷길
소주밀식-
건답직파-
벤또 소리 달그락거리며
책보를 메고
우린 용천백이 나온다는 하교길을
떼 지어 뛰어 갔다.
"아가야 꽃 주께 이리와"
보리깜부기 뽑아 먹으며
때꼴나무 숲 속에 앉아
연속극 삽다리 총각에 나온다는
장쇠 이야길 하다
문득 지난여름 멱 감다 죽은
그 애 생각으로
우린 사타백이로 달려나갔다
나직이 떠다니는 흰구름
마른버즘 하얗던 그 애무덤엔

가시엉겅퀴 작은 바람에 떨고
기계충 걸린 머리처럼 군데군데
뗏장이 죽어 있었다.
일동 차렷!
호띠기를 불며 북두칠성을 바라보았다
아득히 먼 하늘에
총총 솟아나는 별
방동사니 무성한 논두렁 위엔
풀벌레들이 슬피 울고 있었다.

신철리를 지나며

폐수 흐르는 하수구 옆으로
똥개 한 마리 졸고 있다
가는 실눈 치켜들고
이리저리 탐색하다
슬금슬금 내 곁으로 온다
머뭇거리고 있는 나를
빤히 쳐다보다 왕왕 짖고 다시
하수구 옆으로 간다
괜히 나는 그 똥개한테 미안하다
이놈의 똥개야
너는 오늘이 무슨 날인지
알고 있기라도 한단 말이냐

구화산 철쭉나무 아래
이래를 앓다 죽은
전생의 우리 엄마
황천강 건너는 날이란다
아홉 살 여름날
눈 못 감고.

겨울 삽화

상수리 나무아래 포장마차
소주 반 병 놓고
표정 없는 모습으로
노인들은 분재 이야기를 하고
몇몇은 퇴비 이야기를 나누며
닭똥 묻은 시커먼 장화를
툭툭 털고 있었다
상수리 나무 사이로 별은 조용히 떠다니고
복사골 이야기를 들으며 별을 바라보고 있었다
그리고 그는 칸델라 불빛을 뒤로한 채
송동길 밤길로 가고 있었다
겨울하늘에 떠다니는 별은 맑고 영롱하다
그가 걸어갔던 지난 시간들이
밤하늘의 별처럼 떠다니고 있었다.

오래 된 집

수십 년 전 그가 살았던
산이 둘러 쌓여 있고 물이 흐르는 길
나는 가끔 길을 걸으며
풀잎이 피어나고 시드는 것으로
세월이 간다는 걸 알고 있었지

비가 내리고
눈이 녹아

그 눈가에도 주름이 보일까
그리움은 먼 옛일이었고
세월은 덧없이 가고 있는 걸
봄이 가는 소리
보리이삭 출렁이는 언덕길 따라
하얀 얼굴로 서 있는 아카시아꽃
아파트로 변한
마을을 보고 있었네
오래도록 바라보고 있었네.

할미꽃

만의사 요사채

붉은 기와지붕

무봉산 능선 따라

바람 지나는 소리

솔잎가린 달빛에

그림자 없이 떠도는

수중스님

흐르는 유성 따라

하늘 멀리

나도 잠들면

한밤엔 별빛이 떠올라

내 묘비명에도

달빛이 비춰일까

바다 속 같은 적막의 땅

깊이 침묵하며 피어나는

하얀 백두옹.

풍경

반짝이는 풀잎
손짓하며
따라오는 물소리
조팝나무 하얀 꽃잎 사이로
미루나무 하나 서 있고
물방아 돌아가는
봄 산골 마을
강아지는 꼬리를 치며
광주리를 이고
주인과 함께 들로 나가고
거기엔 누가 살고 있을까
아름다운 곳 깜박 졸았던
시골 이발소 벽에 걸려있던 그림 속.

오끼섬 그곳 76년

바다는 부서지며 파도는 소리치고
끝없이 밀려오는 허무는 겨울의 햇빛을 앗아갔다
가슴에 빛나던 한때의 소라이야기는
들려오지 않고 기러기만이 수평선 너머로 멀어간다
외로운 - 외로운 아가소라 이야기는 살금살금 기어가는
아기 게를 부른다
꿈이 떠나간 한 시절 바다이야기는 파도가 울고 간
옛 이야기만 쓸쓸히 들려준다
포말이 걸어간 자리
바다가 메마른 모래성에는 사각거리며
달려온 그리운 이야기들만 밀려온다.

옛길

엄마 따라
새우젓 사러 가던
구양도 다리
밴댕이 황새기
비릿한 바람

갈대 헤치며
걸어오는 바람은
할미새가
물거품 헤치며
걸어오는 발자국 소리인가

사르르 사르르
포구로
떠돌아다니는
먼 생각.

2부

빗속에서

비가 오면
난 비와 말하곤 하지
시간은 끝없이 흐르고
구름은 나를 따라 흘러간다고
그대는 말했었지
세월은 다시 오지 않는다고
강물처럼 내 생각은 변함이 없지만
오늘 나에 대한 생각을
다시 알게 할 수 있을까
그대는 이미 빗물이 되었고
나는 오래 전 물방울이 되었다는 걸.

석양

무지개 따라
둥자루董家路 옥수수 잎새 위로 바람이 부네
나 또 그대 생각이네
긴 이랑 따라 상념에 잠기네
너 어디로 가는지
나 어디에 있는지
세월이 흘러 나 이제 갈 곳이 없네
내, 그대가 아름다운 산새로 변해
늘 내 꿈속으로 찾아들길 바래
노을이 비록 아름답지만
나는 언제나 그대 생각뿐이네.

해방교解放橋에서

간밤 천둥번개가 지나간 뒤
푸시허釜溪河 강물 꽃잎 위로 물결이 찰랑대네
달빛 따라 길 떠나는 한 조각 운하
너처럼 나도 나를 찾아 흔적 없이 사라질까
뿌연 안개에 가려진 용등
넘어질 듯 서 있는 한그루 추이퉁수翠桐樹는
오래 전부터
너의 삶을 지탱해주는 끈이었는지
담배연기 자욱한 하늘을 따라 술에 취해도
진정으로 나를 찾은 적이 없었네
공허한 적막을 벗어난 적이 없었네
이제 나도 용감하게 적막을 벗어나볼까
소용돌이치는 강을 따라
작은 시내를 건너면
가만히 강아지풀 바람에 흔들리고
기러기 높이 끼룩대는 산길을 지나
네가 가고 있는 그 길로.

* 해방교(解放橋) : 중국 쓰촨성 쯔궁시 푸시허(釜溪河) 강가에 있는 다리.
* 부계하(釜溪河) : 중국 쓰촨성 쯔궁시에 흐르는 강.

꿍징貢井 가는 길

옛 사람의 기억을 추억 하는가
스무 살적 그와 닮았다고 생각한 그는
꿍징 어느 곳에 산다고 했지
탄무린檀木林 인민의원 지하도 길은 멀기만 하고
추이퉁수翠桐樹 흔들리는 가로등엔 밤비가 내린다
그를 생각하는 건
들길에 피어나던 아지랑이처럼
아직도 따뜻한 마음이 남아 있기 때문이겠지
란젠맥주에 홍얼대던 어린 모습은
쓸쓸히 가로수로 서있는 쯔징화처럼
안개 속 바람이 되어 흔들리고 있다.
어디에 있는지 어디에 사는지
소금처럼 희고
눈처럼 깨끗한 마음으로 살아가기를 바라는 마음 한켠엔
길옆에 피어나는 메이런자오처럼
아련함만 남아 있어
원저우상청 희미한 담장위로
별은 떠오르고

티앤츠산에 비켜가는 바람소리만
적막한 창가로 넘나드는데 깊은 밤
나는 무엇을 꿈꾸며 꿍징으로 가고 있는가.

* 藍劍(란젠)맥주 : 중국 쓰촨 지방의 맥주 이름.
* 紫莉花(쯔징화) : 배롱나무꽃, 목백일홍이라고도 함.
* 美人蕉(메이런자오) : 칸나꽃.
* 溫州商城(원저우상청) : 중국 쓰촨성 자공시의 상가 이름.
* 天池山(티앤츠산) : 중국 쓰촨성 쯔궁시 꿍징(貢井)에 있는 산 이름.

가을 편지

총신로 길을 걷다
담장에 피어있는 노란 수세미꽃을 바라봅니다
떨어질 듯 바람에 흔들리는 꽃
어린 시절의 엄마 같은 모습의 꽃이라고 생각하며
나는 꽃 속으로 천천히 걸어갑니다
5월 어느 날
홍허紅河 연기 속에
싱우신위안이 흘러나오던 밤늦은 거리
오래 전에 들었던 노래처럼 정겹게 들려왔습니다
6월
어디 기댈 곳 없이
허공을 향하는 담쟁이처럼
더위에 지친 하루가 뜨겁기만 합니다.
삶도 함께 지쳐갑니다.
화창쓰法藏寺에 들러 풍경소리를 담아 옵니다
오래도록 내 마음속에 밀어로 남아있습니다
7월
하얀 가방을 들고

빗속으로 걸어가는 사람들
조그만 어깨위에 걸쳐진 고달픈 삶들이
애처롭게 보이기만 합니다
푸시허釜溪河다리 위에 서서 흘러가는 강물을
오래도록 바라보았습니다
8월
여름은 무화과 잎처럼 짙푸르게 깊어가고
나는 싱우신위안을 들으며
가고 싶은 고향을 오래도록 생각합니다.
하얀 구름은 강물 속으로 멀리 멀리 흘러갑니다
9월
여름은 가고 푸시허 강물은 한층
푸르게 변하고 있습니다
강물처럼 나도 흘러갑니다.
하늘의 구름이 되어 파랗게 물 흐르는 대로
내 마음은 멀리 멀리 흘러갑니다.
꽃 속에 앉아 나는 오래 전의 이야기들을 생각합니다
그리움과 쓸쓸함은 어떻게 다른가요.

가을바람이 그리움이라면 쓸쓸함은
강물에 떠다니는 부평초 같은 모습인가요
꽃 속에서 조용히 걸어 나옵니다.
쯔공自貢에서 꽝조우光州로 떠나는
마지막 기차는 철길을 따라 멀리 가고
깊은 밤 창틈으로 넘나드는 바람소리를 들으며
모로 누워 귀뚜라미 울음소리를 듣습니다
나는 생각에 잠깁니다
세월이 흘러 찬바람 부는 가을날
안개 자욱한 둥자춘董家村을 걸으며
어느 날 쯔공自貢에서 머물렀던 시간들을
조용히 추억하며 홍허구紅河谷에서 들었던
샹쓰펑위중相思風雨中 노래를
다시 들어보고 싶습니다.

야간 기항지

여기가 칭다오지요?
골프가방을 멘 그의 말이 너무도 당연하기에
아무 말도 할 수 없었다
미루나무 사이로 언뜻 보이는 푸른 바다
이렇게 왔다 이제 어디로 갈 것인가
누구를 만나야 하는가
고목처럼 가로수는 춤기만 하다
나는 누구인가
그저께는 신장新疆에서
어제는 충칭重慶에서 오늘은 칭다오에서
내일은 어디로 가야 하는가
그리움도 꿈도 날아 가버린 야간 기항지
지금쯤 고향 들길엔 코스모스 피어나고
하얀 억새 꽃 출렁이겠지.

부계하 묘지釜溪河 墓地

유도화柳桃花 꽃잎 떨구는
철길 따라 강가를 걷는다
조약돌 쌓인 조그만 무덤 위
부질없는 세월만
푸른 이끼로 쌓여
펀젠이 바람 속에 흐득인다
어린 날
어머니 묘지 앞에서 태우던
만장기挽章旗의 검은 재처럼
저 한 움큼 태운 지전紙錢의 효험으로
망자는 소망을 이루었을까
안개 낀 밤에도
법장사 목어 소리는
강 물따라 멀리 흘러가고
지난날 기억은
해방교 아래로 떠다니던
부평초浮萍草처럼 사연만 많은데
나는 홀로

88

부계하 강가에 서서

옛 생각에 서러워한다.

* 펀젠(坟笺) : 약 10Cm 높이의 깃대모양으로 흰 종이를 감싼 후 수십 개씩
  봉분에 꽂는 작은 나무.
* 부계하(釜溪河) : 중국 쓰촨성 쯔궁시에 흐르는 강.
* 법장사(法藏寺) : 중국 쓰촨성 쯔궁시 푸시허(釜溪河) 강가에 있는 절.
* 해방교(解放橋) : 중국 쓰촨성 쯔궁시 푸시허(釜溪河) 강가에 있는 다리.

성도成都에서 그리고 매화

그토록 나는
너를 찾아 헤매었다
첫사랑은
변하지 않고 영원하다는
열여섯
첫눈 내리던 국어시간의 이야기처럼
너를 위해서라면
세상 끝까지 같이 가리라 맹세하였지
어깨에 메고 다니며 매화꽃 파는
그도 나와 같은 생각을 하고 있었던 건지?
사랑과 그리움은 변하지 않는 거라는
봄 어느 밤의 이야기는
아주 오래 전의 이야기가 되어버렸지만
나는 단지 논둑길에 피어나던 자운영 꽃잎처럼
그 진분홍 봄 속으로
기억을 셈하며 홀로 가고 있는 것이었다
그러나
네 눈동자는 오래 기억하리라

향기로웠던 훈풍도 오래 기억하리라 생각한다
시간은 흘러갔다
바다에 떠다니던 얼음처럼
사랑은 이미 녹은 지 오래 되었고
대숲에 너울대던 잎새의 바람도
사라진 지 오래 되었지만
지천명의 세월에 단 하나 남아 있는
그 사람의 기억을 떠올리며
가녀린 황매화를 바라다보면
문득 사랑도 슬픔도 모두 부질없는 꿈이었다는 걸
이제와 다시 깨닫는 것인가.
아물지 않고 상처 났던 자리에 뚝뚝 피 흘리며
꽃잎 속으로 파고드는 설도薛濤의 잔영처럼.

* 설도(薛濤) : 당나라 때의 여류시인. 우리 가곡인 [동심초]는 그녀의 시
「춘망사(春望詞)」 4수 중 세 번째 수를 번역한 것임. 중국 사천성 성도에
두보초당과 함께 있는 망강루공원에 그녀의 기념관이 있다.

야오데이要得

총칭重慶으로 오세요
안개 가득한 도시
산 넘어 고요한
촉의 땅
어느 날 문득
삶이 실망스러워지거든
이곳에 오서서
장강에 이는 바람소리를 들어보세요

그 옛날
독립의 열망으로 임정이 머물던
치싱깡 랜화츠 38하오七星崗 蓮花池38號
빛바랜 기와지붕에 햇살이 가득하면
마라탕麻辣湯 허기진 골목을 돌아
제팡뻬이解放碑를 찾아가세요

당신의 붉은 피가
정말로 붉은 피가

어느 날 독도에 펄럭이는 태극기를 바라보다
눈물이 흐르듯

야오데이!
나의 사랑
나의 조국
이곳에 오시면
멀리 있는 대한민국이
선명하게
아주 선명하게
또렷이 보인답니다.

* 야오데이(要得) : 사천, 중경 사투리로 '예', 혹은 '그렇습니다.'라는 뜻.
* 마라탕(麻辣湯) : 훠궈(火鍋)라고도 하는 사천, 중경 지방의 음식.

그해 겨울 어느 날

아무도 기다리는 이 없는 이국 땅
짱씽뚱루에 끝없이 내리는 눈이
짱씽시루에 무릎까지 쌓이는 눈이
언제 그칠지 모르고 쌓이는 우짱吳江의 눈이
꿈처럼 중첩되어 오래 전 모습들을 생각하게 한다
그해, 겨울과 봄 사이
나의 시간은 춥고 음습하기만 하였다
삼원극장 뒤 삼원당에 모여
고구마, 오징어튀김을 좋아하던 이들은
더 이상 그곳을 찾아가지 않았고
양지골 전신주에 부착된 '겨울여자' 영화 포스터는
반쯤 찢어진 채 바람이 지날 때마다 펄럭이고 있었다
지난여름 폭우로 온 가족이 세상을 떠났다는
율목리 어느 무너진 집터에선
조곡 처럼 잉잉 울어주던
풀벌레 소리도 멈춘 지 오래 되었었다
카페 '대합실' 어두운 구석에도
'약속다방' 올라가는 계단에도

우울한 미소가 음울한 바람이 슬픔이
깊은 겨울 속으로 빠르게 지나갈 뿐이었다
디제이의 모습은 보이지 않았고
'상아탑다방'에서 들리던
'내 마음 갈 곳 잃어'는 술에 취한 듯
나의 노래처럼 들려오고 있었지
버스 안 유리창엔 김이 서려오고
지난봄 바람에 지던 아카시아꽃잎 같이
박달리 언덕길엔 하얀 눈이 내리기 시작했지
안녕을 하여도 언젠가 다시 만날 수 있을 거라는 생각은
마음속에 되뇌이던 혼자만의 이야기였을까
아무 말 없이 송별하고 돌아오는 들길엔
마른 강아지풀들이 저녁바람에 흔들리며
하얗게 눈 속으로 덮여가고 있었다

이제 온몸에 쌓인 눈으로 내가 누구인지 알 수 없고
짱씽차오 아래 정박한 폐선 역시 눈 속에 파묻혀
이전에는 어떤 모습이었었는지 알 수가 없다

눈이 그치면 옛 생각의 틈에서 조금은 벗어날 수 있을까
수정처럼 반짝이는 불빛 속으로 투영되는
겨울날의 기억들은 부질없었던 인연들을 데리고
눈보라 속으로 훨훨 날아가고 있다.
한세상 절망처럼 쌓여가는 눈 속으로
이국의 밤은 더욱 깊어만 가고
투명하게 굳어가는 눈꽃 사이로
눈물처럼 얼어가는 상고대霜固帶.

9월은 가고

밤하늘
동항東港이 멀어 가고 있다
바다 위
별이 떠다니고
나도 떠다니고 있다
오랫동안
그 사람과
그도
유성처럼 흐를 것이다
세월이 가듯
부유하는 포말.

* 동항(東港) : 중국 요녕성 동항시에 있는 항구.

가을 노산

아득한 창해
반짝이는 물결들이
지난 봄날의 사연처럼
모래위로 흩어지고 있다
푸른 바다를 건너면
저 들길 가을 속으로 오갈 수 있을까
아버지가 떠난 어느 여름날 저녁같이
가슴 한 켠이 파도처럼 무너져 내리는
쓸쓸한 절망을 안고
이국땅 바다가 보이는 산길에 서면
천반주하는
오랜 친구처럼 나를 끌어 안아준다
삶이란 땅속에 외다리를 묻어둔 돌처럼
가슴에 침묵하며 살아야 할일이 더 많다는 걸
하지만 이렇게 세월이 지나면
욕망도 슬픔도 부질없었다는 걸
지천명의 나이에 알려 주는 것인가
아 그러나 나는 아직도 어릴 적 꿈을 꾸고 있어

그 옛날 뇌산 흰 구름 속으로
학을 타고 떠난 선인들을 오래도록 기다리는 것이지

상청궁 앞뜰엔 번뇌를 태우며 촛불이 흔들리고
용담폭포 멀리엔 채운이 피어오르는데
어두워가는 가을 노산
하늘엔 새파란 유성이 허공을 가르고 있었다.

* 뇌산(牢山) : 노산의 옛이름(중국 산동성 청도에 소재 하고 있음).
* 천반주하(天半朱霞) : 명하동(明霞洞) 입구에 있는 큰 바위로, 오랜 옛날
   우뢰를 만나 절반이 땅속으로 들어가고 절반이 커다란 바위로 남았는데
   그 바위에는 '천반주하(인품이 특출하여 뭇사람들의 눈을 끔)'라고 쓰어 있다.
* 상청궁(上淸宮) : 송대 초기에 건립, 정전인 옥황전(玉皇殿)과 좌우에
   칠진전(七眞殿), 삼관전(三官)이 있다.

한중韓中

사천의 안개 속에
네가 있었고
강소의 빗속에
내가 있었지
걸어도 달려도
천산은 보이지 않고
허공에 흔들리는 삽화.

* 사천(四川) : 중국 사천성
* 강소(江蘇) : 중국 강소성
* 천산(天山) : 중국 신강 우루무치 동북쪽 약 118km에 있는 산

형주성

과거는 가고
찬비를 맞으며 떨고 있는
돈대 위 홍등
성벽에 걸린 나무 하나
눈물처럼
물방울이 맺혀 있다.

* 형주성(荊州城):중국 호북성 형주시(湖北省 荊州市)에 있으며 장강 중류에
  위치해 있음. 강능성(江陵城)이라고도 불림.

11월 상념

찬바람

안개 낀 저녁

장가항시 사주로沙洲路

노란 은행잎 날리던 거리에

부유하던

하얀 포공영蒲公英

이른 봄

훠궈火鍋에서

일하던

그 소녀처럼

파르르

떨고 있던

수로 변

갈대.

* 장가항(張家港) : 중국 강소성 장가항시의 도시.
* 훠궈(火鍋) : 중국 사천식 식당.

12월과 1월 사이

보미완터널을 지나면
강물이 흐르고
제1인민의원이 서 있는
탄무린檀木林 언덕으로
막히는 숨 몰아쉬면
묘혈로 걸어가는 나의 환영과
법장사의 예불 소리가 중첩되며
떠오르는 2007년 12월
랴오청聊城에서 청양城陽으로
돌아오던 2010년1월
차창밖엔 폭풍이 불고 있었다
버스도 날려버릴 듯 지상의 모든 것들이
하늘 높이 솟아 까만 점을 만들었다
표효 하는 폭풍은
고압선 사이를
흐어엉~흐어엉~ 조곡 처럼
울음소리를 내며 쏜살같이
자작나무 숲으로 내달리고 있었다

이 세상의 모든 것을
뒤집어 버릴 듯이
미친 듯 표효하는 폭풍은
어느 날 이방인으로 돌변하는 낯익은
그들 모습과 같았다
그것도 권력이라고 생각하는지
부유물들이 허공에 까맣게 올라간다
나도 하늘높이 올라가 하찮았던 지난 세월의
꿈속을 뒤집어 본다
가슴 아팠던 기억과
슬픈 환영들
가슴이 아프다는 건
Check Valve와 같은 판막이
Stress를 견디지 못하여
파열되었기 때문이라고
순간 순간의 삶이 고통스럽기만 했던
제1인민병원 앞의 칸나꽃도
마른 가지처럼 썩어가고 있었다

그해 12월 쯔공自貢의 강물은
아직도 흐르고 있겠지
거친 폭풍 속으로
창 밖 엔 어둠이 밀려오고
온갖 상념이 끓어오르는
랴오청聊城에서 청양城陽 가는
폭풍 속 겨울 길.

* 쯔공(自貢) : 중국 사천성의 도시명.
* 랴오청(聊城) : 중국 산동성의 도시명.
* 청양(城陽) : 중국 산동성 청도의 도시명.

욜로탄 명사

체케화 만개한 듯
연 노란 자줏빛
목화 꽃 이랑 위로
해가 지고 있네
욜로탄 사막 위
바람이 떠다니고
나도 떠다니네
한 생
모든 것은 꿈 속이었네
제행이란 사구에 쌓이고
날리는 모래를
바라보는 것이고
무상이란
사랑 하던 날들의
덧없음이었네
한줌 미진으로 변하여
떠다니는 열풍
모래가 흐르는 소리

강물이 허물어지는 소리
번뇌가 쌓이고 날려
해질녘
백골처럼 울고 있는
명사.

*욜로탄(Yolotan) : 러시아 남부에 있는 지명(현,투르크메니스탄).

하이퐁에서

방까오 사거리에 안개비 내리고
주홍색 마스카라 호아퐁 꽃잎이
바람에 날린다
봄 이오면 나 이 거리에 다시 서리니
자귀나무꽃으로 혹은 바람에 날리는
그리운 사람의 눈썹으로 피어나는 꽃
딘부를 지나 파도가 밀려오는 바닷가
어제도 오늘도
보드카 하노이 하얀 물방울 속으로
떠오르는 주홍빛 네 얼굴.

* 하이퐁(Hiphong):베트남 북부에 있는 항구 도시 이름.

봄 꽃

밤새
모래폭풍이 몰아친
갈키니쉬사막
방울뱀이 지나간 자리인 듯
바람결로 쌓여 있는 모래톱
먼 옛날
그 소녀의 얼굴로 피어나는
빨간 꽃양귀비.

* 갈키니쉬(Galkynysh) : 러시아(현,투르크메니스탄) 남부 욜로탄(Yolotan)
  지방에 있는 사막의 이름.

겨울 사색

욜로텐에서 지내던 그해 겨울
내 삶에서 오래도록 기억될 것이다
끝없이 펼쳐져 있는 사막 위로
겨울바람이 불고 있었다
낮게 엎드린 나무처럼
가슴 졸이며 굴종해야만
하루를 지낼 수 있었다.
머나먼 이국 땅
너는 그토록 잔인해야만 했었니?
하이에나처럼 밤이면 눈을 번들거리며
먹이 사냥에 나서는 것이었다.
누군가 희생양이 되어 복귀한다는 것
무료한 막사에서 그것은 말 통하는 인간끼리
참으로 재미난 얘깃거리였겠다
SIS가 작동 안 했다더라
Interlock을 풀었다면서
말로만 아는 것이 많았던 2소대장은
Cause & Effect가 무엇인지 알고 저러는 건지

전문위원이라는 이상한 직책을 가진
나이 60대 초반, 과거 대학을 나왔다는
거드름 이외엔 영어도 러시아어도 더욱 안 돼
언어가 통하는 애꿎은 직원들의 무능만 탓하고 있었다

삶의 끝 가장 맨 밑바닥에 서서
새파란 밀은 숨죽이며 겨울을 지나고 있었다
안으로 눈물을 삼키며 뿌리를 내리고 있었다
모래폭풍이 부는 날은 꼭 겨울비가 내렸다
마리메르브성채에도
온 세상을 쓸고 가듯 폭풍이 불었고
빈대 막사에도 밤새도록 검붉은 비가 내렸다
샥스울 나뭇가지 마다 걸린 나자르 붉은 매듭들이
폭풍 속으로 영매靈媒를 부르듯 울부짖고 있었다
키즈 칼라 흙벽 위에 흐르던 빗물은 수천 년 동안
바람 속으로 부식이 되어갔고
내 마음이 무너져 가듯 성벽 역시
모래 아래로 침식되고 있었다

이 세상과 저 세상으로 가는 광활한
사막의 끝 한 가운데 서 있는
술탄 산자르의 영묘

영원을 꿈꾸다 무상으로 사라진 그들처럼
플레어 스택Flare Stack의 불빛을 가르며
그곳에서 왕으로 살 것 같은 푸른 막사의 몇몇도
먼지처럼 하나 둘 사라져 가고 있었다.

여름 무산담

호르무즈해협으로
둘러 쌓여 있는 바위산
산길 아래엔 천 길 낭떠러지
검푸른 물결이 으르렁 거리며
아라비아 해로 넘나들고

절벽 한 쪽
소나기를 기다리다 고사한 종려나무
한 세상 그와 함께 하지 못한 비련이
고사목되어
날마다 가슴 치며 파도처럼 울고 있는
세상의 끝.

* 무산담(Musandam) : 중동 오만(Oman)북부에 있는 지명.

겨울 무산담

바위산 아래
굼다마을
하얀 모스크 사이로
파도가
모래 위를 가르네
아! 나는 또
네가 떠나던 겨울 길
플라타너스 바람소리를
생각했었네

너와의 만남이 끝나던
그해겨울
먼 기억이
아득 하기만 한데
세월이 흐르고 흘러도
겨울밤이면
왜 이리
슬프고 쓸쓸한 기억이

가슴 저미는가
풀 한 포기 없이
맨 몸으로 서 있는
이 무색의 땅
어딘가에 있을 것 같은
너를 생각하다보면
모래바람 속으로
눈물처럼 떨어져 내리는
유성우.

여수旅愁

사루비아꽃
시들어가는 저녁
가을이 가기 전
온다 했건만
신작로 들길엔
찬바람만
불어오네
첫눈이 오면
올까
언덕 위 억새만
하얗게
바람에 날리네.

탄화목

내가 열일곱 살 때
너도 열일곱 살이었지
백설부를 읽으며 바라보던
등나무 아래 연리지 나무
이순이 되어 돌아와 보니
고사 되어 흔적만 남았네

지난간 날들은 꿈처럼
순간이었고 집착이었네
이제 폐목이 된 육신
소각로에 쌓아놓고
이승과의 인연
활활 불살라
소신공양 올려
적멸의 세계로 나아갑니다.

해수와 담수

바람 불고 빗방울이
떨어지던 봄 어느 날
사리포구 바닷가 행이나물
해풍에 흔들리고 있었다.
바닷길을 따라 길을 걷는다
마른 풀들이 물속으로 떠내려간다
물속으로 떠내려가는 마른 풀처럼
지난 몇 년간 사막에서 보냈던
날들을 생각했다
무엇에 홀린 듯 죽을 것을 알며 깜박
바다 같은 사막으로 간 것이다.
흐린 물 속은 모래가 날리던 사막과 같다
여러 장치를 거쳐 염소가 투입된 해수는
역삼투압 필터를 통과해야만 담수가 되었다

밴댕이젓갈을 담아놓은 드럼통처럼
뼈대만 앙상히 남아 있는 황폐한 마음은
뽀그락 뽀그락 기포를 올리며 삭아가고 있었다

그러나 시詩를 향한 폐호흡 때문에 살아갈 수 있었다
술 취한 아버지처럼 비틀거리는 바닷물 속엔
송충이가 게슴츠레 눈을 뜨고 허물을 벗어가고 있었고
가부좌 틀고 앉아 있는 나비들은 멀리 멀리
내 마음을 싣고 떠내려가고 있었다.

입동

하얀 억새꽃 날리던
오래된 물왕리 길
포도밭 이랑 위로
날고 있는
꽃잠자리 하나

그대 생각에 잠겨보네.

먼 기억

가을걷이 끝난 들판
무우순 새파란 밭둑을 따라
다섯 살 내 손을 잡고
엄마와 새우젓을 사러 갔다
구만리포구 멀리
깻속 사리 태우는 연기
별리 논 가운데로
겨울이 오고 있었다.

회억

조팝나무 하얀 꽃송이
피어나던
수리산
용진사 가는 길
내일이면
이국으로 떠나는
나를 바라보던
해맑은
여섯 살 얼굴
봄이 가듯
세월은 가고.

여름밤 별들을 보며

강둑을 따라 달맞이꽃이
피어나는 여름의 끝
방동사니 줄기에
어둠이 내리고 있어요
생각은 멀리 아무다라야 강으로 가고 있네요
사막을 따라 은하로 가는 길엔
안드로메다 성운이 가지런히
자리 이동을 하고
흐르는 강물 속으로
별똥별이 파랗게 선을 긋데요
사막을 넘어가면 세집매가 있어
북극성 멀리 아버지의 얼굴이
나타나기도 했어요
그리워 지워버린 생각들이
목화꽃처럼 흔들리는 성도星圖
그 무한한 허공 속으로 한없이
뻗어 있는 별빛을 따라
몽환의 하늘 속으로 자꾸만 걸어갔어요.

구만포구

가을 강가
모래톱을 걸으면
제방을 따라
까만 코스모스 씨앗이
바람에 날렸었지
갈대 길을 지나면 올까
모래 기슭을 지나면 올까
갯둑을 넘어
흰 물결 속으로
조곤조곤 걸어오던
외할머니의 강
하얀 서리 내린
구만포구.

칠월 저녁

수리조합 제방길
풀잎 내음 무성한 언덕 위로
저녁 바람이 불고 있다.
바람은 안개비로 변하여
여름 논길을 하얗게
가리고 있다
안개비 내리는 유리창 밖
방울방울 물방울이 흘러
그도
하얀 머리 칼 날리며
이렇게 늙어 가고 있겠지
저무는 칠월 하늘.

발신인

마른 강아지풀이
서리에 하얗게
얼어가는 저녁
너의 시심이
영원하길

1977년 1월 7일
옛 시집에 남아 있는
낙엽 한 장.

모래 위를 흐르는 바람

사막 한가운데
호수가 있어 나는
상처 입은 새처럼
새벽 물가로 걸어갔다
마른 갈대 잎은
손톱에 찢긴 습자지 같이
바람에 흔들리고
밤하늘의 별자리로 떠돌던
갈란투스 한 송이는
호숫가 눈 속에서 떨고 있었다
겨울과 봄 사이를 지나던
스무 살 2월
묘혈 속으로 걸어가던 나처럼
바람 속으로 모래 속으로
꽃은 파묻혀 가고 있었다.

가을 날 카르쉬에서

지난여름 수로를 따라
푸르던 목화밭에
스카프를 두른 여인들이
하얀 목화솜을 거두고 있다
겨울에서 가을까지
이 길을 걷는 동안
나의 모래성 안으로
쌓이고 흩어지던 기억들을
오래 갈무리해둘 수 있기를

회오리바람은 모래를 날리며
검은 들판으로 사라져 갔다
시들어가는 마른풀들이
하늘 높이 날아가고 있다
이제 나는 집으로 가야 한다
그리하여 저녁이면 미하일 레몬또프의
시도 읽고 적막한 사막에서 별을 보듯
조용히 늙어가야 할것이다.

카르시에서 타슈켄트로 떠나는
오후 4시 40분 아프로시압 기차.
유리창 멀리
페가수스가 반짝이고 있다.

*카르시(Karshi) : 우즈베키스탄 남부에 있는 도시명.

아카시아꽃

겨울 내내 과수원 울타리
가시나무 화롯불로
손녀의 암죽을 덥히던 할머니는
멥쌀가루를 시루에 찌던 저녁처럼
이젠 아무 말이 없으시다
한밤중 꺼진 등잔불 위로
피어오르던 연기처럼
은비녀 쪽진 머리칼로
산등성이에 피어나는 꽃.

능소화

호수길 따라
노란 마타리꽃
바람에 흔들리면 나는
호숫길 걸어가던
여름 날을 생각하지

풀잎이 잠들고
비가 오는 날
너에게 엽서를 쓰다말고
쿨룩쿨룩 각혈하며
낙화하는 꽃
네 마음속에 내가 있듯
내 마음속에 네가 있는
주홍빛 혈서.

사막의 개미

지티지 옆 컨테이너 하우스
한쪽 팔이 잘려진 채
스케폴드에 걸려 있는 작업복 하나가
저녁 어스름에 흔들리고 있다
구멍 뚫린 장갑은 모래 바람에 쓸려가고
마른 낙타풀들이 밑동 잘린 채
하늘 멀리 날아가고 있다
고글 사이로 파고드는 무거운 생각들이
소금에 절인 열무처럼 모래 속으로 숨어 버린다

유년시절
영나다리를 건너는 겨울밤이면
다리아래에서 파란 불을 켜고
점점 가까이 따라오던 도깨비불처럼
후들 후들 떨며 가랑이 사이로 파고드는
플레어 스택 불빛 속으로 나의 생 또한
이렇게 지나가고 있는 중이라고 생각한다

—

그리곤 캐러반의 행렬처럼 뻗어있는
가스 파이프라인 사이로
낙타 울음이 섞인 바람소리를 듣는다
여기 또한 먼 옛날 내가 살았던
바다의 끝은 아니었을까
생각하다보면
행이나물처럼 짭짤한 모래의 육즙들이
혓속을 콧속을 마구 할퀴고
또 할퀴고 있었다.

겨울 밤

금정역 육교 위
겨울밤 내내 회색 스웨터를 둘러쓰고
자정이 넘도록 더덕껍질을
벗기고 있는 하얀 할머니

1978년 겨울 병목안 율목리
길가 방 한 칸에서 30촉 불을 켜고
갈포벽지용 실타래를 감다 내가 잠들면
하얗게 얼어가는 문풍지 사이로
촛불을 켜고 실타래를 이어가던 할머니

적막한 이 밤엔 기차가 빠르게 지나가고
눈보라 치는 벗나무 가지 위로
마른 도라지 껍질 날리듯 눈이 날리고 있다
세상살이는 한밤중에 이어가던
갈포 실타래처럼 고단하고 쓸쓸하기만 한데
마지막 더덕무더기가 팔리기를 기다리며
감긴 눈으로 바라보는 차가운 유리창엔
하얗게 성애가 얼어가고 있었다.

가을 손님

솔잎 말라가는
가을 오후
하얀 귀밑머리 사이로
꽃무릇이 시들어가고 있다
투병 이야기와 자녀 이야기
그도 나처럼 늙어 가고 있었다

지금도 들려오는
바닷가 파도 모래바람 소리
옛 친구가 지나간 거리엔
하얀 눈이 내릴 것 같아
가을이 가고 겨울이 오고.

부하라 가는 길

눈發은
사라질 모든 것들에 대한 묵언이듯
이승에 있는 동안 잠시 나는
삼사라의 꿈을 꾸고 있는 것이다
칼란미나렛탑 멀리 로템나무 아래에
누워있는 고단한 육신들은
그 옛날 비단길을 따라 나와 함께
천산을 넘나들던 소금장수 동료들이었을까
도자기 장사를 하던 친구들이었을까
그러면 그때 나는 그들과
무슨 이야기를 주고받으며
제라프샨강 기슭을 따라
피안의 길로 걸어갔던 것일까

모래와 함께 눈이 날릴 때마다
생을 다한 목화송이의 번뇌이듯
검은 죽비가 되어 뺨을 후려치는
1월 눈보라길.

씀바귀 꽃

이목리 노송지대
일렬횡대로 서 있는
영세불망비 앞에 피어나던
하얀 씀바귀

초여름 어느 날
예초기에 잘려 나간 풀섶 위로
하얀 피가 뚝뚝 떨어지던 오후.

겨울장미

찬 서리 내리는 밤
짧았던 생명인줄 모르고
죽음처럼
타들어가던 첫사랑
불타는 꽃인 양
봉우리 마다 말라가던
너의 손 편지 한 장
내 혈관이 동파되어가듯
네 눈물 속에 얼어가는
수액 한 방울.

四川 Huvis 社歌

파촉의 옛성에 날이 밝으니
자공의 푸른 들에 꿈이 새롭다
우리들은 새시대 창조의 일꾼
뜨거운 붉은 피가 용솟음친다

아미산 비단병풍 사천을 감싸
부계하 푸른 물로 굽이쳐 돈다
우리들은 손잡고 함께 나가며
중한의 우의를 대대로 빛내리

황용이 비상하던 염도의 고도
하늘높이 희망찬 깃발 올렸네
우리들은 서부개발 역사의 선봉
조국 발전 함께 앞장서 가자

고객이 최고 품질이 근본 영원한 제일
우리 휴비스
아- 아- 약동하는 새 시대의 보람의 터전

汇维仕社歌注解

1 黎明曙光照耀巴蜀古城
　 绿色的大地托起新自贡的梦想
　 我们是开拓新时代的主人翁
　 满腔 热血 在沸腾

2 峨嵋的锦绣屏风环绕四川
　 釜溪河的绿水弯弯流淌
　 我们　手拉手　心连心
　 中韩友谊世代永存

3 黄龙飞翔的古·盐都
　 升起一面希望的旗帜
　 我们是西部开发的先锋队

重复 客户至上　质量为本　永争第一
　　 我们的汇维仕 啊~啊~
　　 飞腾的时代 充满希望的沃土

* '파'의 원래 뜻은 鹽巴(염파) 즉 소금덩어리를 뜻하며 고대로부터 중경을
  파(巴)라 일컬었으며 '촉'의 원래 뜻은 누에를 뜻하는 것으로 蜀錦(촉금)
  즉, 아름다운 비단 생산으로 유명 하였던 현재의 성도를 일컬었다.
  따라서 파촉이라 함은 사천 전체를 일컫는다.
* 아미산은 중국 불교 사대 명산 중의 하나이다.(사대명산:산서성의 오대산,
  사천성의 아미산, 안휘성의 구화산, 동중국해 주산군도에 위치한 보타산)
* 사천이라 함은 양자강(揚子江), 민장강(岷江), 퉈장강, 자링강를 말하며
  푸시허(釜溪河)는 쯔궁시(自貢市)를 감싸며 흐르고 있는 강 이름이다.
  전설에 의하면 옛적 푸시허 하류(지금의 쯔궁시 샤완호텔 건너편)
  화창쓰(法藏寺) 바로 아래 소용돌이에서 용이 승천하였다 함.
  '염도의 고도'라 함은 옛적부터 소금으로 유명한 도시라서 그렇게 칭함.

注: 1.“巴”即为盐巴,指盐块.古代时期重庆地区称为巴.
       蜀的原意为蚕,蜀锦即成都生产的漂亮绸缎.
       巴蜀即是整个四川地区.
    2.峨眉山为中国佛教四大名山之一.
      (山西省五台山,四川省峨眉山,安徽省九华山,东海舟山群岛普陀山)
       四川即为扬子江,岷江,沱江,嘉陵江.
       釜溪河为环绕自贡的河.
    3.传说中以前在釜溪河下游
       (现自贡市沙湾饭店对面)法藏寺
       下面漩涡中出现过龙升天的景
       “盐都的古都”是指自贡市是自古.

141

영혼의 쉼터를 찾아가는 그리움의 미학

이광녕 문학박사

권영기 시인은 축지법縮地法에 능한 시인이다. 동에 번쩍 서에 번쩍 온 세계를 누비며 그의 일상 직무와 문학적 영역을 넓혀간다. 특히 그는 만년에 이르기까지 시인으로서의 본분을 잊지 않고 이역만리 낯선 땅에서도 펜 가까이 하기, 어둠 지우기, 추억 더듬기 등을 실천하여 한국문학의 자리매김 역할을 톡톡히 해내고 있다.

권 시인은 다국어에 능통한 언어 달인이다. 그는 어려서 어머니를 잃고 어렵고 외로운 환경 속에서 학업을 수행하면서 스스로의 갈 길을 개척해 나간 자수성가의 모범 케이스로 주목을 받고 있다. 그는 품성이 성실하고 부지런할 뿐만 아니라, 특히 고교 및 대학시절 문학적 재능을 인정받아 문학 활동에서 크게 두각을 드러내었고, 모든 학생들에게는 군계일학群鷄一鶴의 표본이 되었었다.

이렇듯 권 시인이 인생을 살아온 연륜이나 문학적 향기가 그리도 깊은데 반해, 그가 이순耳順을 넘어 이제서야 뒤늦게 첫 번째 시집을 상재하게 된 이유는 무엇일까? 그것은 지극히 어려운 환경 속에서 현실 개척의 의지를 품고 살아온 그의 지난 세월이 무척이나 힘겨웠음을 의미해주는 것이라 생각된다. 송나라 시인 구양수歐陽脩는 '시궁이후공詩窮而後工'이라 하여 '시는 곤궁함을 겪은 뒤에라야 시다운 시가 되는 것이다.'라고 하였는데, 그러한 말에 해당되는 시인이 바로 권 시인이며, 그렇기에 그의 문학적 향기와 인격 수련의 역사는 매우 남다르고 의미가 깊다 하겠다.

이번에 탄생되는 첫 시집은 권 시인의 인생관과 자화상이 그대로 드러난 삶의 고백서이다. 권 시인은 감성이 뛰어나서 시혼에 매우 서정성이 짙으며, 객관적 상관물을 통한 자아성찰과 투영적 표현에 매우 능숙하다. 그의 시 속에는 '유년의 추억과 낯선 땅에서의 외로움', 그리고 '본향을 찾아 헤매는 보헤미안의 그리움', '현실도피와 이상향에 대한 동경' 등이 그림처럼 펼쳐져 있다.

「나목의 노래」에서는, '늦서리에 떨고 있는 작은 잎새, 바람은 조그만 영상을 가지 끝으로 흩어가 버린다/ 아! 이 밤, 나는 찬 서리가 되었음…/ 하얀 눈이라도…'라고 읊고 있는데, 여기서 자신의 모습을 '늦서리에 떨고 있는 작은 잎새'로 비유하면서 '찬 서리 또는 하얀 눈이라도 되었음' 하며, 잃어버린 계절에 상처 받은 자아를 탈피하고 싶어 하는 부끄러운 내면의식을 노출시키고 있다.

또, 「겨울 민들레」에서는 '그 긴/ 어둠의 세월을 기다린/ 회한이 그리 깊어/ 밤이면 길섶에서/ 흑흑 울고 있느냐/ 남풍이 스치이는 잎새 위로/ 꽃잎은 피어나지만/ 세상사 누가 네 마음을/ 알아주었던가/ 땅속으로만 피어나는/ 어두운 기다림을/ 먼 세월이 지나 잎새 끝으로/ 하얀 설레임이 두둥실/ 피어오르면/ 너는 종소리 따라/ 높은 하늘로 멀리 날아갈 거야.'라고 읊고 있다.

여기서는 자신의 실체를 객관적 상관물인 '겨울 민들레'에 투영시키면서, 현실적으로는 어둠 속에서 흑흑 울고 있는 자아가 힘겨운 세월을 이겨내고 땅껍질을 뚫고 올라와 그 생명의 씨앗을 두둥실 하늘 높이 날리며 승화시켜 나갈 날을 고대하고 있는 소망의지를 펼치고 있다.

인간은 과거의 열매를 먹고, 현실의 설한풍을 이겨내면서, 미래의 무지개 소망을 품고 사는 존재다. 그래서 권 시인의 시에 등장하는 시어들은 유년의 추억 ― 낯선 땅에서 겪는 이국적 감상과 외로움 ― 동경의 세계에 대한 그리움으로 이어지고 있다. 이렇게 외로움과 그리움으로 전개되는 시상들로 볼 때, 권 시인의 작품세계는 매우 인간적이고 체험적이며 깨달음의 철학이 넘쳐흐른다. 그의 시들은 매우 밝은 편이며 성격도 매우 정겹고 긍정적이어서 누구든지 가까이 하고 싶어 하는 원만한 인격의 소유자이다.

이번에 출간되는 시집 『나목의 노래』에는 권 시인의 성실성과 노력, 그리고 인간미가 차곡차곡 쟁여져 있는 주옥같은 시편들이 반짝반짝 빛나고 있다. 엄청난 고난과 어둠의 터널을 거쳐 온 작가의 인생 체험과 남다른 외지 체험 그리고 거기서 우러나온 그의 견문과 내면적 그리움의 맑은 시혼은 많은 시인들의 사표가 되고 있으니, 이 한 권의 시집이 영혼의 쉼터를 찾지 못하고 헤매는 많은 독자들에게 하나의 등불이 되리라 믿는다.

『나목의 노래』로 본 권영기의 시세계

박현태 시인

　권영기 시인의 첫 시집 『나목의 노래』는 그의 시력으로
보면 많이 늦은 감이 있다. 그가 군포문인협회 창립 회원
으로 활동한 게 1995년이다. 이후 지속하여 시작 활동을
쉬지 않고 왔으니 이를 따져도 25년 만에 첫 시집을 상
재하는 셈이다.

　1995년 그 해 겨울 〈시민문학〉 창간호에 몇 편의 작품
이 발표된 것을 열어봤더니 「소연평도」 「나목의 노래」
「도라지 꽃」 등 3편이 실려 있다. 첫 시집의 제호를 『나
목의 노래』로 붙인 것을 참고하건데 그가 그 동안 시의
고삐를 놓지 않고 꾸준하게 애정을 쏟아 왔음을 일목하
게 보여준다.

　우리가 시를 말할 때 진정성과 참신성에 시선을 두게
된다. 그 이상의 잣대를 들이댄다는 것은 자칫 지나침이
될 수 있다. 또한, 한 시인의 시세계를 말한다는 것은 그
리 간단하지 않으며 더구나 명징성을 밝혀내기 위해서
는 여간 어렵지 않다.

나는 권영기 시인의 시보다 사람을 더 안다 할 정도로 오래 친한 사이다. 그의 인품을 미리 알고 있음을 전제로 하여 접근해 보건데 권영기 시인의 경우 진정성에 보다 깊은 농도가 나온다.

또한, 그 시를 보고자 할 때 그 시인을 안다는 것은 많은 이해를 도와주지만 그만큼 편견이 가미되기도 한다. 권 시인과 나는 오랜 지기로서 이물 없이 살아가는 동네 문우다. 그 사람에게서 보고자 하는 시와 시를 통해서 그 시인을 알고자 할 때 낯설지 않고 익히 농익은 사이에서 경계할 것은 선입견이다. 이번 시집을 읽으면서 자꾸만 시와 시인이 겹쳐 떠오르기도 함이 이러함 때문이리라 생각한다. 권 시인은 감성이 깊은 사람이자 자연성 사람이다. 또한 언행이 한결같이 명료하고 향토적 사고를 중히 여기는 사람이다. 이를 전제로 시인의 작품을 조망해 보기로 한다.

초기 작품이나 최근 작품에 까지도 이어지는 구성이나 은유가 별반 변하지 않고 있다. 기법과 소재의 쓰임이 한결 같을 정도로 회상적 정감을 보여 준다. 1995년 군포 문인협회 기관지 〈시민문학〉 창간호에 실린 초기 작품들에서 자연과 일상의 지근체들임을 볼 수 있듯이 이번 시집에서도 다름이 크게 보이지 않는다.

그는 이번 시집의 시인의 말에서 "한 편의 시를 쓰기

위하여 몇 년이 걸리더라도 진실로 마음속에 우러나는
글을 쓰고자 합니다."라고 했다.

> 추위에 떠는 바람이 겨울 숲으로 스치인다
> 바람은 어두운 거리에서 아프게 시간 속을 헤집고 마
> 음의 강을 건너는 것이다. 이 강줄기 따라 아프도록 낙
> 엽을 떨구며 겨울과 봄 사이를 패혈증 환자처럼 떠돌던
> 잎새
> 옛날 책상에 마주앉아 어른이 되는 게 무섭다고 이야
> 기하던 친구들은 훌훌 바람개비 되어 떠나고, 세월 속
> 에 묻혀오는 회색빛 뿌연 연기는 11월 속으로 나를 마
> 중하는 것이다
>
> ― 「나목의 노래」 전반부

위 시에서 보듯, 시인은 본인의 심중 속에 내재하는 서
정적 진정성과 회고적 자연성을 진솔하게 보여주는데
전혀 머뭇거리지 않는다. 또한, 복고적 감성을 유감없이
회고하는 화자의 뛰어난 시어 구사가 시집 전반에 깔려
있음을 볼 수 있다.

여기에 더해 낱말을 씀에 있어 응축하고 감칠맛에 가
락을 더하는 명징함을 보여준다. '사르르 사르르/ 포구
로/ 떠돌아 다니는/ 먼 생각' '술병을 끌어당겨 바람이
지나가는/소리를 담아 둔다' '별들의 몸에서 빠져 나오

는 /새파란 운석들이 가로등 사이로 흩어진다.'에서 보듯 모국어를 다루는 솜씨가 뛰어남을 볼 수 있다. 다만 서정 시에 있어 말수는 적게 하고 담긴 뜻은 깊게 하라는 점을 늘 염두해 둘 필요가 있다.

시인의 이번 시집에서 볼 수 있는 또 하나의 특징은 자연을 소재로 하는 서정성이다. 대별해보니 꽃을 제목으로 한 시가 제일 많았다.「도라지 꽃」「겨울 민들레」「망초꽃」「코스모스」「오이도 할미꽃」「찔레꽃」「할미꽃」「봄꽃」「능소화」「아카시아꽃」「씀바귀꽃」등이다.

이는 시인이 태생지가 충청도 예산 시골이며 유년을 살아 낸 친자연성이 감정 깊이에 내재되어 있다가 충직하게 유추되는 자연친화적 화법임을 볼 수 있다.

풀잎 향기 스쳐가는
가을 플랫폼
완행열차를 타고
바다가 보이는
언덕에 오르면
어릴적 그 소녀가
못 견디게 생각나
찬바람
시린 손끝 사이로
문득

추억 처럼 피어나는
연분홍 코스모스꽃.

—「코스모스」전문

위 시에서 보듯 그의 시작태도에는 억지나 무리가 없다. 물 흐르듯 순하고 간결하게 간다. 끌고 가거나 끌려가는 게 아닌 순연 그 자체로 부드럽게 숨을 돌리게 만든다. 시인은 그의 삶에 역마살이 들어 있다 할 정도로 해외살이를 많이 했다. 지금도 그는 타국 생활을 하면서 시집 초고를 보내왔다. 오랜 세월 이국살이를 하다보면 그나름 고유함을 가지게 된다. 향수병을 앓기도 하고 회고조 그리움에 빠지기도 하는 남다른 심정을 갖게 된다. 어쩌면 권영기 시인의 찰진 서정성은 그런 연유가 오래 내장되어 있다가 서정성 짙게 발효된다고 생각하게 한다.

세계를 두루 돌아다니며 체득한 경험과 체험적 현상들에 대하여 시화된 작품들이 많다.「몬테카를로 가는 길」「니스에서」「칸느의 바다」「인도네시아」「야오데이」「한중」「형주성」「하이퐁에서」「부하라 가는 길」등의 여러 편이 이 시집에 실려 있다.

사람이든 사물이든 세계든 그 나름 고유함과 특징함이 있게 마련이고 이를 보는 눈 마다 느끼는 감성 마다 다르게 또는 같게 투영될 지라도 이를 한 줄의 시로 구현해

낸다는 것은 쉬운 일이 아니다. 권 시인은 이러함을 이뤄
내는데 자신만의 고유함이 발현되기도 한다.

> 그리운 사람이
> 시큼한 치즈 향으로
> 남는다는 건
> 얼마나 마음 아픈 일인가
> 능선과 빛나는
> 성채의 황홀
>
> 바위산에 핀 들꽃
> 파도처럼 출렁이다
> 원시의 석양으로
> 침묵하며 떠도는 산
> 그 위에
> 네가 서 있었다
> 1625년
> 세월이 가는 거
> 품위를 간직하고
> 늙어간다는 거
> 아름다운 모나코.

— 「몬테카를로 가는 길」 전문

별빛에 반짝이는 생각들은

가을 어느 날 오래도록
한 장의 그리움으로 남아 있어야 해
그리고 맑고 아름답게 살아야 해
저 별처럼 희끗희끗 변해가는
머리칼을 날리며
바다에 떠있는 별들을 헤아려 본다.

—「니스에서」 후반부

흔히 여행시를 썼다고 하면 보고 듣고를 현상적으로 표현해 감상적 기행조에 빠질 수 있다. 권 시인은 이를 능히 극복하고 사유 있는 성찰을 하고 있음을 볼 수 있다. 이는 그의 삶의 행적 자체가 일에만 몰두한 살이가 아니라 보고 느끼고 깨닫는 수준 있는 세상 살피기를 한 것을 내밀하게 이번 시집에서 잘 보여주고 있다. 이는 자칫 자기 고집에 너무 빠지거나 감상적 자술서로 천착될 수 있는 우를 범할 수 있는데, 화자는 이를 잘 극복하고 있다.

시인은 감정의 귀소본능 유년으로의 회귀성을 많이 보여 준다. 그가 보낸 오랜 세월의 이국 생활에 기인하기도 하겠지만 천성적으로 자연귀의형 심성을 갖고 있는 탓이라 보여진다. 태생지가 시골이었고 감정이 가장 예민한 유년을 꽃과 나무와 옛 정서적 자연환경 등에 정을 담고 자라왔던 탓이라 여겨진다.

나를 잊으라는 말 수리산에 묻고
6월이 오는 길을 걸어갑니다
이별은 삶에 대한 집착이 아니라
가슴 한구석을 비워두며
살아가야 하는 길임을 알고 있기에
뒤돌아보는 옛집
그도 나를 모르고
나도 그를 모른 채
모두 떠나버린 폐허된 집터
우거진 망초꽃 더미
부서진 기와조각 사이로
얼굴 삐죽이 내민 국어책 겉장
그 사이로 기억을 셈하며
피어나는 하얀 꽃
(…중략…)
그리운 얼굴로 출렁이는 영혼
먼 훗날 다시 만날 수 있다면
손잡고 눈물 닦아 주리라
끝없이 바람에 한들거리는
안양천 하얀 망초꽃.

        —「망초꽃」 부분

모기향 피어오르는 연기 속으로
후각의 지시를 포옹하며
하늬바람이 부는

바닷가 가는 길을 걸어갑니다
귓가에 사각거린 어느 날의
조가비 소리를 들으며

— 「가을 소묘」 부분

시간은 얼마나 많은 바닷바람을
쓸어 담아야 더 채울 수 있을까
구겨진 별빛을 만지며
아직도 그는 옛 모습
그대로일 것이라고 생각한다
술병을 끌어당겨
바람이 지나가는 소리를 담아 둔다
수리산을 넘어오는 바닷소리
산벚꽃 떨어지는 소리
저무는 사거리 창 너머
별들의 몸에서 빠져나오는
새파란 운석들이 가로등 사이로 흩어진다.

— 「4월 수리산 아래에서」 후반부

  예를 든 시들에서 보듯 권영기 시인의 영적 태반은 고
향과 자연과 추억, 삶의 근원적 물음과 회귀본능적 심상
이 마음 전반 깊숙이 고여 있음을 볼 수 있다. 화자가 노
래하고자 하는 간결하고 아름답고 살갑게 끌고 가려는
각고가 촘촘하게 직조되어 있기도 한다. 서정적 은유가

밀도를 더하는 싯귀들을 몇 개 챙겨보고자 한다.

1977년 1월 7일
옛 시집에 남아 있는
낙엽 한 장

— 「발신인」 후반부

산수유꽃 피어나는 날
영나다리 건너 엄마 묘를 찾아 간다
과수원 철망 사이로 바람이 낮게 지나간다
야윈 잔디 위로 잠깐 햇살이 고인다
(…중략…)
바람과 황토 먼지들이 걸어간 신작로엔
오래 전 흔적들이 고조백이처럼 앉아 있다
멀리 장항선이 지나가는 한마음농원 뒤로
말표 고무신 향내 나는 파꽃들이
하얗게 피어나고 있었다.

— 「매봉재 과수원 길을 따라」 부분

사천의 안개 속에
네가 있었고
강소의 빗속에
내가 있었지
걸어도 달려도

—

천산은 보이지 않고
허공에 흔들리는 삽화.

—「한중韓中」전문

갈대 헤치며
걸어오는 바람은
할미새가
물거품 헤치며
불어오는 발자욱 소리인가

사르르 사르르
포구로
떠돌아다니는
먼 생각.

—「옛길」부분

　시에 있어서 직유·비유·은유 등을 어떻게 유도하느냐
에 따라서 어떤 태도의 작품이 태어나는지가 결정된다.
더불어 한 제목을 달고 나온 시 가운데서도 유달리 시적
표현이 뛰어난 구절을 절창 또는 절구라 부른다. 화자의
시 가운데 그러한 마디들을 몇 개 찾아보았다.
　"겨울이 오는/ 어느 간이역에서/ 하얀 별과 솔잎의 향
기를 들으며"(「도라지꽃」에서), "소리없이 흐르던 빛은/

어둠에 가려지고/ 하얀 눈물 몇 방울 흘리다/ 해풍 속으로 사라지는/파도의 포말."(「연평도에서」에서), "별빛에 반짝이는 생각들은/ 가을 어느 날 오래도록/ 한 장의 그리움으로 남아 있어야 해/ 그리고 맑고 아름답게 살아야 해"(「니스에서」에서), "산사로 가는 길목/ 어디쯤에서/ 청잣빛 그리움을 새기며/ 삶의 방향/ 바람의 흔적을/ 바라보고 있나"(「흔적」에서), "건강원 집 옆 옷가게/ 유리창 안에서 열중쉬어하고 있던 아랫도리 없는/ 남자 마네킹들이 일제히 반바지로 옷을 갈아 입고 있다."(「초복 정육점 집에서 오후」에서)와 같은 감칠맛 나는 어휘구사는 시인의 뛰어난 시적 능력을 여실히 보여준다.

이번 시집에서 또 하나의 두드러짐은 화자의 가족 사랑이 남다른 것을 여러 작품에서 감지할 수 있게 된다. 그가 유독 이런 감정을 발현시키는 연유는 아무래도 이방 생활에서 갖게 되는 향수병 같은 것일 것이다. 외로움과 그리움이 사랑의 살가움으로 밀도 있게 호소된다. 가뜩 감수성이 깊고 다정하고 부드러운 감성을 소유한 화자의 심상을 아래 인용된 시들에서 잘 보여주고 있다.

가을걷이 끝난 들판
무우순 새파란 밭둑을 따라
다섯 살 내 손을 잡고

엄마와 새우젓을 사러 갔다
구만리포구 멀리
깻속 사리 태우는 연기
별리 논 가운데로
겨울이 오고 있었다.

―「먼 기억」 전문

조팝나무 하얀 꽃송이
피어나던
수리산
용진사 가는 길
내일이면
이국으로 떠나는
나를 바라보던
해맑은
여섯 살 얼굴
봄이 가듯
세월은 가고.

―「회억」 전문

시도 사람의 일이라 시인에게서 시가 나온다. 시의 내
밀함은 그 시인의 속에서 얼마나 깊이 단단하게 배태되
어 있었나를 어김없이 말해준다. 위에 인용된 시에 잔잔
히 묻어 있는 가족사랑은 그가 누리는 시 짓기에 가장 따

뜻한 촉매일 것이다. 권영기 시인의 첫 시집 『나목의 노래』를 살펴 읽으면서 내 식견에 따라 두서없이 몇 마디 적어 보았다. 바라건 데 오래도록의 국외생활에 늘 건강에 유의하고 시를 사랑하는 마음 또한 꾸준히 가꾸어 좋은 시 자주 보여주는 건필을 바란다.

나목의 노래

ⓒ2020 권영기

초판인쇄 _ 2020년 9월 10일

초판발행 _ 2020년 9월 15일

지은이 _ 권영기

발행인 _ 홍순창

발행처 _ 토담미디어

서울 종로구 돈화문로 94(와룡동) 동원빌딩 302호

전화 02-2271-3335

팩스 0505-365-7845

출판등록 제2-3835호(2003년 8월 23일)

홈페이지 www.todammedia.com

편집미술 _ 김연숙

ISBN 979—11—6249—088—4